一朵潔白的山茶花

A Pure White Camellia

落蒂 著

代序

在禪坐中尋魚
——拜讀落蒂詩集《一朵潔白的山茶花》

林煥彰

落蒂是位資深詩人兼詩評家。

近十年來，我和他有較多接觸；他幫我很多忙，我也常請他幫忙，協助我做不少義務性的工作；包括我主編在海外發行的報紙副刊及國內詩刊，請他撰寫詩的賞析和評論文章，或評審等。我發現，他不論做什麼，動作都很快，效率很高。這十年，我約略估算，他所寫所發表以及出版的詩、散文、賞析、評論等文章，少說有五十萬字以上；要完成這些作品，除詩、散文的寫作，不必靠當下閱讀，但寫賞析、評論文章，就不能憑空無中生有，必須

即時先研讀所要賞析、評論的文本及其相關資料或參考文論專著等。因此，可以想見：做為一位成功的詩人及詩評家，落蒂這段期間，他從高中教職退休之後，在詩、散文方面，不僅勤於筆耕，也一直都很認真在閱讀；證明他是實力派的，具有很快速的閱讀能力，和超強的記憶、分析、導讀能力，以及博覽群書的功力，已累積相當驚人的能量。

詩人落蒂，他從十七歲就開始迷上詩、寫詩，詩齡已超過五十年；他迷上的詩，包括古典和現代，也兼及西洋詩，所以能很清楚的建立屬於自己的詩觀；有他自己的一套詩的美學。每位優秀詩人的詩路、詩風，都必然會與他的詩觀有極為密切的關係；落蒂也不例外。他的詩路和詩風，是淡雅、樸素、明朗的；語言是口語化的活用的語言，淺顯流暢，言之有物。他的詩觀，是尊重讀者的；當然，也是尊重詩的；他用心在探索詩的幽微、玄妙和空靈的境界。這些用心、堅持和特色，我們都可以從他這本詩集的自序和作品得到印證。我讀落蒂的詩，特別感到既輕鬆又親切，在素樸優雅之中，真能如他自己所鍾愛的山茶花一樣，品賞到樸實淡雅的詩味和悠遠的意境。

在這本詩集中，他依詩的內容性質或題材、表現的方式，分成五輯：有抒情的，如第一輯情詩「一朵潔白的山茶花」；有寫景或紀遊的，如第二、三輯「重塑風景」和「過長江偶見水鴨子」；有敘事、詠人或詠物的，如第四輯「雨季不再來」；有言志或抒懷的，如最後一輯「漁歌」（組詩）等。縱觀落蒂這本詩集的特色，抒情詩佔的比重少些，寫景、紀遊、敘述、詠人、詠物、言志、抒懷的作品，合計起來，則成為他的強項；這可能與他擅長邏輯分析、思維辯證的組織能力有關；他能成為一位敘事詩的高手，也能成為一位傑出的詩賞析、導讀和詩評家。

不過，讀落蒂抒情詩的部分，我還是可以深切感受到，他是深情的愛的歌者；唱的是柏拉圖式的戀歌，不是火辣辣的瘋狂情人那類型的浪漫詩人。我很喜歡他在〈夢中深井〉這首詩裡，極優美極含蓄極有韻味的表現；那「星光企盼成為吊桶／夜夜下來撫觸／井水企盼／譜成樂音」；那「在深深的夜裡／在只有星光知道／深井微波的／小宇宙」是多麼唯美、深邃的詩境，讓我有很多遐思，而陶醉其中，回味無窮。

讀落蒂寫景、紀遊詩的部分，他對中國古典、現代文史地理的研讀，深厚的積累，敏捷的詩思，以及觸景生情，詩才洋溢，揮灑自如的才華，處處可見；我特別欣賞和敬服！他寫〈咸亨酒店〉的第一段：「喝著喝著喝到微茫時／歪斜著頭瞄了一下店小二／嘿！你可不能用那種眼光看人／我又不是孔乙己／給不起酒錢」就夠令我拍案叫絕，若你肯把全詩讀完，保證你不僅一定會笑翻天，在地上打滾，還會熱淚盈眶；因為他讓我們看到一幅現代「浮世繪」，其中人物、社會事件，活生生的刻劃現實人生，一一在我們眼前浮現；詩人變成一位成功的說書者，說到精彩處，讓所有在場的聽眾都感同身受，同喜同悲！

讀落蒂敘事、詠人詩的部分，也一樣精彩，佳作不斷；如〈行吟者〉中，他提到有關世界各國紛紛競建高樓、類如九一一恐怖事件隱藏危機的存在，他想起千載以前杜甫先生的獨特行吟的風姿，寫道：「一樣的細草／而微風吹過彼岸／一樣的星垂／而平野依然曠闊／／可是／人們沒有辦法／讓仇恨／隨大江流去／／反而讓仇恨／如月光在江面洶湧／我飄飄的身影／仍然如你的／天地一沙鷗／我行吟各大都市／卻不知／什麼主義可以／帶來世界和平」他的慨嘆，他胸懷悲憫之心，也正如歷代偉大詩人的良知良心的抒發。在這第四輯中，有《短詩花束》多達二十二帖，不僅寫景物、詠人之外有優異表現，有部分詩作也可當言志、抒懷來欣賞，且短小精悍，精彩有加；如〈釣〉、〈聽蟬〉、〈小雨〉、〈徽州牌坊群〉、〈鐘聲〉、〈石頭無語〉等，頗多感悟、禪悟佳作。

讀落蒂言志、抒懷詩的部分，其實也不只最後一輯「漁歌」這組組詩；在這本詩集中，除第一輯情詩之外，其他各輯都或多或少表現了詩人的理想、珍貴的情操；做為一位曠達無求於世的詩人，在〈序詩〉與〈自況〉中（出版時這兩首詩作者改題為〈開始尋魚〉及〈某些堅持〉），便已清楚明確表白他的崇高心志；他在東西海岸尋魚、在高山大海間尋魚、在紅塵俗世間尋魚；他的所謂「尋魚」，與世俗的真實的魚無關，他的「魚」是一種「理想」的隱喻，是一種探索的標的；他心中的真正的「魚」，應該與中國古老思想家、哲學家老子和莊子所稱道的「道」或「夢」或「禪」有關。有理想、有抱負卻又有無為精神的詩人，理當都會有偉大崇高的崇拜對象；雖然我們後人不一定都能做得到，卻不能沒有這種認知和修為。我很高興能有位這樣優秀的詩友，成為我的榜樣。因此，在這一輯詩作中，我以為〈夢中的魚〉所寫的他的感悟，就值得我認真省思，也值得讀者細細品味。在他長久孜孜不倦致力追尋之中，他已確認自己心中已有一本「捕魚聖經」，在〈捕魚聖經〉這首詩裡，他也說了：「那是一本讓我／讓我捕到魚不賣／捕到魚也不烹煮也不／也不送人也不／也不放回河海的捕魚聖經嗎」該是他的無盡的探索精神的反思吧！

我很高興，有機會先拜讀了他的這本亮麗的詩集。

二〇一〇年三月十日　研究苑

十一日上午修訂

自序——詩筆豈曾干氣象

詩，一直是我的最愛，從十七歲迷上它，就沒完沒了。

然而，寫詩數十年，卻越寫越沒信心，每每讀古詩，常為它的迷人境界、音韻佩服得不得了。可是，新詩，能嗎？除了讓人不懂，不知所云外，就是厭惡，什麼醜陋的字眼、事件都可以入詩。讀來痛苦萬分。

曾經放棄過一陣子，可是最後還是回來，回到那既痛恨又可愛的新詩國度，十分矛盾。也許，新詩是另一種美學的開拓吧！它一定要有別於古詩的美。

因此，除了儘量避免太過自我的內容、語言外，也儘量避免古詩詞之美的重覆。太過自我，別人不得其門而入，面對一堆不知所云的死文字，除了叫人放棄外，還有什麼作為？至於重覆古詩詞，那更沒有意義，你寫不過李杜，何必浪費時間、筆墨？

雖然如此，詩仍然是我表達自己、記錄日常所思所感的方式。詩是我夢想的翅膀，它展翅時我可以飛到無窮遠的地方，甚至於進入另一個星際，另一個世界。如果你讀到一個陌生的世界，完全不解的情節，那一定是夢的世界，不必解的世界。

不過，我儘量在奇異的思索中，用共相共感的方式去表達，以便取得與讀者溝通的橋樑。我希望我的思索，我的探險，也成為讀者的思索，讀者的探險。

我希望我的詩，不只有感動自己，也希望能感動別人。例如最近我遇到一位令我動心的人，於是聯想到多年前，在某深山小河邊，遇到一朵潔白的山茶花，瞬間滿腦子都是如潔白出塵的意象，一首詩，立刻下筆完成，並且在中時《人間副刊》，不到十天功夫就以顯著的版面刊出，並獲得選入《二〇〇八年台灣詩選》。接著〈一隻翠鳥〉也一樣，幾秒鐘內下筆寫成，同時也在短短不到十天的功夫，再由中時《人間副刊》刊出。於是，老來出麻疹，竟然一連寫了十一首情詩，直到〈日日春〉乙首，才結束這一段老來的自作多情。可見，詩的真誠、感人，多麼重要。可惜，她已如流星，轉瞬間自我心空消逝，我再也寫不出那樣的詩了。

詩，也是我的日記，我的旅遊遊記。詩，把我日常所想所感記錄下來。詩，也把我到處遊覽所見所聞記錄下來。於是，第二輯〈重塑風景〉和第三輯〈過長江偶見水鴨子〉，就是我旅遊兩岸的記錄，其中不乏表達對某些史蹟的意見，雖不一定有杜甫說的：「綵筆昔曾干氣象」的企圖，但表達某些不信或懷疑的心思則是有的。

第四輯則是與文友交流的作品，有些則是日常所思所感的作品。與文友互動，有時也能使思想境界更上層樓，甚至也是快樂的源泉。所以我很相信羅馬詩人霍拉士（Horace）說的：「文學取悅並教誨人們。」與同好交流，詩藝之增進，與快樂的獲得，都在不知不覺之間。

第五輯則是寫詩尋詩如垂釣的情景，其中的苦況和樂趣，凡寫詩的朋友，一定有同感。我之所以選擇寫詩，是認為詩比名嘴的政論、人生批判，更恆久而有效，如果詩一旦進入人心，那效果將持續而永遠存在著。彌爾頓可以詩干克倫威爾將軍的氣象，他寫作《失樂園》，更是永恆的氣象，這是我從放棄詩又再回到詩的重要原因。這些年的心情，都在詩集中說了，有些部份則期待讀者的「想像」補足。是為自序。

目次

CONTENTS

003 代序　在禪坐中尋魚——拜讀落蒂詩集《一朵潔白的山茶花》／林煥彰
009 自序　詩筆豈曾干氣象

輯一■一朵潔白的山茶花

021 一朵潔白的山茶花
024 一隻翠鳥
026 夢中深井
028 斜雨敲窗
030 甜蜜的苦澀
032 絕情書
034 心情兩首
037 有情詩
039 飄

目次

CONTENTS

041 日日春

輯二■重塑風景

045 菊島風情錄
051 十三行博物館
055 滿月圓
057 華山咖啡頌——為二〇〇七年華山詩人節朗誦而作
061 恆春古城
063 平溪
066 重塑風景——詩寫角板山
069 淡水采風
075 寫瀑三題

目次

CONTENTS

080 三灣梨園中的果農
082 詩寫高雄（三首）
089 飛牛牧場
091 那一條長長的滑梯——詩寫員林百果山

輯三 過長江偶見水鴨子

095 登滕王閣
097 黃果樹瀑布
099 古窯遺址——記遊江西瑤里古鎮
101 咸亨酒店
105 宏村古鎮
110 世外桃源——記遊貴州青岩古鎮
112 頤和園

115 天龍屯堡——遊貴州小記
117 登黃鶴樓
120 過長江偶見水鴨子
122 夜遊圓明園
129 印象灕江——記觀賞《印象・劉三姐》
132 長城短調
138 花溪
141 廬山觀瀑——與李白唱和
143 黃山去來
150 孤獨立在黃山上

輯四 雨季不再來

155 舞——觀董陽孜書藝

目次

CONTENTS

157 行吟者
161 短詩花束（二十二帖）
179 童年
184 圍爐——記兒時鄰居
186 側寫某詩園主人
189 那個聽你忘情高論的夏午——致某詩人
191 調寄某詩友
194 暗夜的指南針
196 隱題詩（一）
198 隱題詩（二）
200 命名
202 天涯共此時——致憲陽、石平
205 雨季不再——再致憲陽、石平
208 棋人奇語

CONTENTS

輯五 漁歌

213 開始尋魚
215 某些堅持
217 在陽台垂釣
219 上街垂釣
221 夢中的魚
223 空空懷想
225 捕魚聖經
227 在山海間奔波
229 尋魚終生不悔

231 落蒂寫作年表

輯一

一朵潔白的山茶花

一朵潔白的山茶花

一朵潔白的山茶花
開在
山邊小溪旁
靜靜
吐露芬芳

一朵潔白的山茶花
不知時間正在悄悄挪移
只有幽幽表露
心情
對著月光

一朵潔白的山茶花
動也不動
仍然默立岸邊
對著潺潺溪流
側耳傾聽

一朵潔白的山茶花
不知道那潺潺的溪水
是錐心的痛
竟讓他孤獨奔流入海
滿腦子是那忘不了的白

一朵潔白的山茶花
不是只有對你無情
她靜靜開在那裡

只是開在那裡
單純的開在那裡

發表於《中國時報·人間副刊》，二〇〇八年七月四日
選入《二〇〇八台灣詩選》

一隻翠鳥

一隻翠鳥
在窗外歌唱
我把窗戶打開
窗外
一片寂寂

一隻翠鳥
在空中歌唱
我望向天空
空中
一片漠漠

一隻翠鳥
在夢中歌唱
我把頭埋入被中
埋入
更深的夢中

發表於《中國時報・人間副刊》，二〇〇八年七月十八日

夢中深井

啊！就是那一口夢中
深井，我把天窗悄悄打開
讓星光垂下來
沿著長滿青苔的
井壁考古

井壁微微震動
產生稀有聲波
星光企盼成為吊桶
夜夜下來撫觸
井水，企盼

譜成樂音

在井中徘徊的星光
輕輕在水面打著
節拍
在深深的夜裡
在只有星光知道
深井微波的
小宇宙

發表於《秋水詩刊》一三八期，二〇〇八年七月
再刊於《台時副刊》，二〇〇九年十二月七日

斜雨敲窗

在斜雨中
走過車水馬龍的
馬路，回憶
便在一家意大利餐廳
慢慢的開展了

懊惱、悔恨，不得不
妥協……
終究是留下千瘡百孔
並且充滿了謎樣的
讓人一直不解

故事，中斷又接續
一千個日子的談心
一千個日子的併肩
終究無法走出
這斜雨敲窗的人生

發表於《乾坤詩刊》四十八期，二〇〇八年十月

甜蜜的苦澀

下著小雨的午後
我們相偕走到
斜對面的咖啡館
說著千百年也說不完的心事

你小嘴微張吮著咖啡的
苦澀，並且訴說多年來
辛酸的人生
然而，你並不想結束這坎坷

我一杯再一杯的喝著咖啡

如同一杯再一杯的喝苦酒
整個下午
吶吶的不知該說些什麼

雨一直下著
陪你走在雨中
你仍不斷喃喃訴說
是你心甘情願走在苦澀之中

發表於《秋水詩刊》一三二期，二〇〇八年十月
再刊於《台時副刊》，二〇〇九年十月七日

絕情書

與你談愛是在這張
小小的書桌上
伴著一盞昏黃的小燈

室外雷雨交加
一道閃光
破窗而入
正巧照在我寫給你的
情書上

雷聲接著在遠處

隱隱作響
彷彿妳正以嘲弄的口吻
讀著我寫給你的
一張一張
血跡斑斑的信

只有雨天
才會有你
藉雷電
傳回來的
一點點
訊息

發表於《中華副刊》，二〇〇九年六月二日

心情兩首

古典玫瑰

一朵潔白的玫瑰
靜靜立在我的咖啡桌上
每一片花瓣
都閃亮著一顆
昨夜遺留的露珠
咖啡煙霧冉冉上升
玫瑰花瓣上的露珠
悄悄滴下
落在我的咖啡杯中

我端起喝了一口
黯然飲下那無盡的苦澀

發表於《秋水詩刊》一四〇期，二〇〇九年一月
再刊於《中華副刊》，二〇〇九年七月八日

牆

一堵牆
高高的
厚厚的
立在那裡
你卻說這裡什麼也沒有

我急急的想攀越
一次又一次的徘徊尋找

在如此冷而暗的冬夜
在如此透明而虛無的牆前
焦急的哭泣

發表於《秋水詩刊》一四〇期，二〇〇九年一月
再刊於《台時副刊》，二〇〇九年十月一日

有情詩

一陣驟雨到來
淋醒了千年沉睡
內心深處悄悄長出
一棵樹苗

而離去時
恰似一陣雪寒
把正在成長的樹苗
凍僵

那一片一片乾枯的葉子

沾著深深長嘆的泣血
並渲染成
一首一首
詩

發表於《葡萄園詩刊》一八一期，二〇〇九年春季號
再刊於《台時副刊》，二〇一〇年二月一日

飄

傷心，排開
羞恥，排開
阻擋的東西，排開
我的眼睛只有
望向你，心中的一〇一
心中的神山
一定要登臨，我說
駕著無形的鐵戰車
企圖衝破所有的鐵蒺藜
衝破沒有牆的牆
進入非門的門

準備了你喜歡的義大利麵
你喜愛的雪白玫瑰
愛喝的卡布奇諾
滿心歡喜十足信心
全速前進衝刺
一陣西北來的冷風
把我高高抬起重重摔下
在那無形的門前
化成粉末隨風
飄散

發表於《秋水詩刊》一四一期，二〇〇九年四月

日日春

你說寂寞其實
你並不而是一座開滿
各色花朵競妍的花園
在你頻頻呼喊孤寂時
我悄悄的走近你身邊
像一朵不起眼的日日春
旺盛的開放不怕
那鮮紅的牡丹
冷艷逼人的梅花
以及野火燎原的木棉
只孤單的開在路旁

任你不小心的踩踏
身體痛楚而內心愉悅
一整夜痛苦的趴伏
明晨又將再起
奮勇地遙望你
不帶一絲企盼你的回望
默默在路旁開放

發表於《葡萄園詩刊》一八二期，二〇〇九年五月夏季號

輯二

重塑風景

菊島風情錄

一、雙心石滬

她在岸邊畫一個心形
他也在胸前畫一個心形
於是
他們雙雙游了進去
再也沒有出來

二、風櫃

痴立海邊的你

可不是什麼
鐵石心腸
每次海浪痛襲
還是發出
沉重的哀音

三、發電風車

貧瘠的海島
只有向天揮出
求救的手
八根瘦弱的天門
傳出
成千上萬祈求的聲音

四、林投公園

誰在那裡等我
一直不斷搖晃的影子
水上摩托車
掀起數十年前
在我胸中
從未消逝的
一朵浪花

五、澎湖開拓館

島上先民帶來的羅盤
放在
這座和風式的建築中

黑海溝的海浪
狠狠的痛擊著我

七、石韞文石陳列館

一群藝術家
從灰濛濛的礦場中走出
站上展示台
以色澤亮麗的後半生
向遊客招手

八、天后宮

觀光客走在中央老街上
冬季冷風中的游魚

一尾一尾游進宮中
又一一的游了出來
本來瑟縮的身軀
因滿心歡喜而抖擻起來

九、二崁古厝

天井牆上的突出物
山牆的鐘指向三點半
陳家老宅最多遊客發問
讓二崁聚落重新
活了起來
四十餘間古厝
也活了起來

有人站在民俗牆前
大聲朗讀有趣的台語褒歌

發表於《創世紀詩雜誌》一五七期，二〇〇八年十二月

十三行博物館

所有的鐵器
所有的石器
都是生活面貌

一一展示在
小小櫥窗中
遊客拿著相機
想幫心中的烙印
加深

遙想幾千年前

在這小小島上
在大海的浪拍之中
有一群人
用腦袋
用雙手
製作一件件
求生的工具

後人為了瞭解先人
從土中把這些挖了出來
它們不是
秦磚漢瓦
它們不是
唐宋陶瓷
它們是

自成系列
台灣島上先民們
存活的影像

我們來此
用心追索祖先
如何耕鋤
如何渴飲
如何吃食
我們要從那些
鍋碗瓢盆中
去追憶那些
往日的點點滴滴
想過去的世代

我們這一代
以及
未來的世代
還有世代後的世代
我們也要留下某些
某些可以揭去泥封
展示在櫥窗中
那些血跡斑斑
打拼的印記

發表於《創世紀詩雜誌》一五六期，二〇〇八年九月

滿月圓

從楓翠橋走入
滿山鳥聲
滿園水聲
都以一條小小的步道
緩緩送來
在山嵐晨霧中
我看到一位
帶著昨晚的疲憊
滿身都市的灰塵
公司盈餘報表
股市漲跌指數的人
緩步
從小徑的卵石間
踩踏而出

溪澗旁的小亭裡
妻煮的咖啡香
混合著處女瀑布的氤氳
飄盪在剛才走過
曲折再三的台階上
四周的一切
正在綠色的海中泅泳

那位走出去的人
又走了回來
和我們一起
循著溪聲
走進密林中

發表於《創世紀詩雜誌》一五六期，二〇〇八年九月

華山咖啡頌

——為二〇〇七年華山詩人節朗誦而作

滿頭白髮的老師傅
熟練的烹煮咖啡
從咖啡壺中緩緩
流出的是
荷蘭人日本人在台時代
就已存在的一縷幽香
早年的我
到華山只從山腳下
登上龜仔頭

從龜仔頭再上
大二尖
頂多望一望
路邊茶園或咖啡樹

頂多喝著自備的礦泉水
不知什麼是咖啡
就是後現代的子孫們
也以為那是苦藥水
說多荒謬就有多荒謬
說多無聊就多無聊
如今
雲林文化人士

在華山插上
詩和咖啡的旗幟
夏日的午後
滿山星斗的夜晚
各地詩友
將咖啡飲成
篇篇詩章

飲成悠閒意象
忙碌的商賈
將人生飲成
燦爛輝煌
苦思不得半曲的音樂家

將燈火閃爍的雲嘉平原
譜成台灣的藍色多腦河
譜成濁水溪的微波

二〇〇七年十月二十六日初稿
二〇〇七年十二月二十日定稿
發表於《創世紀詩雜誌》一五四期，二〇〇八年三月

恆春古城

陽光仍然像古早古早那樣
斜斜照射在
斑駁的城牆
露水仍然
在時間中
悄悄潮濕
城牆間隙的小草
一陣似乎是
陳達的歌聲
仍然在晚風中
撫慰著

人們孤寂的心靈
遠處農田中的水牛
停下犁耙
抬頭望著
天空

發表於《乾坤詩刊》四十四期，二〇〇七年十月

平溪

每一年的重頭戲
天燈又要在此時冉冉
上升
心中充滿著多年來的渴望
車子沿著汐平公路前進
路旁尋芳亭獨自
眺望大台北
石雕動物默然陪著
而山下小人國的屋宇
也在眺望山景並傾聽
來自十分寮瀑布的水聲

心中仍然是那強烈的渴望
淙淙的水聲仍然在遠方響著
彷彿回到那年親炙瀑布的時刻
如同眾神在腦門敲擊
陣陣讓人開竅的樂音
車抵平溪小站
老人以奇異眼光看我
並說今天非假日沒有天燈
而假日又人擠人我怕
只好閒閒地看看小火車站
只好在一個小麵攤
叫一瓶啤酒切一些滷菜
一面喝酒一面看四周灰濛濛的屋瓦
隱約中有雷聲在雲層響著
老人仍然注視著我

雨下了起來
老人自言自語這裡經常下雨
而我竟在平溪遇到
今年第一場春雨
我的淚也不自覺流了下來
何時會看到
天燈冉冉上升

發表於《自由副刊》，二〇〇八年九月十八日

重塑風景

——詩寫角板山

一直懷念一位老人
他常在那裡晨昏踱步
翻看自己的病歷
整個內臟好像都病了
他來信邀我前去一談
他說體檢查不出毛病
心理或許有些問題
一具空空的肉體
要用時間的解剖刀
詳詳細細地解剖

剖開那極神祕的病灶
把博物館園區
繞了一圈
多國藝術家的創作
早就在上面開了詳細處方
只是已消失的靈魂
無法張開慧眼
視而不見那座原民圖騰
像極了暗夜的
火把
你最後和我一起
踱到已快乾涸的水池
要我拆下你的右手
再拆下你的左手
你說要讓自己

崩解在大地上
外面突然下起
細細的雨
四周無人
只有我獨自面對著
躺在地上的你

發表於《自由副刊》，二〇〇九年二月三日

淡水采風

一、淡水老街

看見一個小孩
正在阿媽酸梅湯攤前
流著和數十年時光一樣長
一樣長的口水
一隻神祕的手將你我
小時的身影郵遞前來
此刻心中是
阿婆鐵蛋伴著
長長的冰淇淋

長長的街道
還有擁擠的人群
人群中很多是以前流鼻涕
和建築物一起蒼老的小孩
而時光是一個不停的馬拉松跑者
不知從什麼時候什麼地方跑來
又跑往何處去
掉在老街上的那些足印
正紛紛從腦中閃過
吃著阿給魚丸湯的老臉
正被一群年輕的笑聲淹沒
而淡水河的落日
紅紅的掛在出海口
誰也擋不住它的沉落

二、紅毛城

陽光正從樹葉間隙灑落
紅色的建築物
正展示著一長串歷史
像階梯般的沿著
西班牙人荷蘭人日本人
一路滑落下來
不論是悲傷或沒有感覺
它都像一串音樂
在你耳畔響著
我把頹喪的身軀扶正
怎麼可以在此示弱
看著一廳又一廳
一室又一室的文物

眼睛遂朦朧了起來
那些過往歷史像倒垂星河
有時閃亮有時晦暗
人們時時發問
留下的這些文件到底
展示多少真話
每一個房間窗口
都透進一絲絲光亮
它能照亮一切嗎
已經過往的各國人士
都在城裡留下一些供人回憶
追念的文物
而每個遊客觀賞時
深邃的眼睛中
都透露著深淺不同的感觸

客廳中的沙發
追懷昔日的主人
遊客只從中拼貼
往日的一些圖騰
正沉思中
一片落葉輕輕飄落
在花園中
沒有引起任何人的注意

選入《二〇〇九年台灣詩選》

三、漁人碼頭

從清晨一直冷清到夜晚絢爛
人們大聲划拳並大口大口喝下
一日的愁苦焦慮

老闆的臉色已乘
藍色公路的船隻遠遊
此起彼落的燈亮了起來
心情也鬆懈了下來
嘈雜聲中各吐各的悶氣
不論臉紅脖子粗
或是溫柔的細語
都讓它航向
茫茫的夜色
海浪拍打聲中
有人站在碼頭橋上高歌
只有晚風聽懂
他唱些什麼

發表於《創世紀詩雜誌》一五九期，二〇〇九年六月
選入《當代台灣文學英譯》一五〇期，二〇〇九年冬季號

寫瀑三題

烏來瀑布

櫻花再怎麼艷麗
也只有開幾天
那是一種
瞬間的生命燃燒
更何況
連日來
風風雨雨
只有高懸山崖的

飛瀑
以鷹翔之姿
向下俯衝
引來人們
千百年
仰望
讚嘆

五峰旗瀑布

水日夜奔流
人們只注意到
那雪白的
飛奔而下的英姿
並不知道

心中有多少悒悶
好吧
松鼠們如果
能永遠快樂奔跑
穿梭跳躍
在四周濃密的森林
誰不願
為牠們伴奏
稀世的天籟

情人谷瀑布

彷彿那天看到的

坐在二十四層樓上
陽台併肩的情侶
面對如水流的人潮車潮
彷佛淙淙山澗的水聲
如果

他們躍下
如高山頂上的飛瀑
四周是否會
依然響著
悅耳的
蟲鳴

一隻蜥蜴
正在山谷間

對著滿月
吐舌頭

發表於《葡萄園詩刊》一六七期，二〇〇五秋季號

三灣梨園中的果農

果樹環繞在他的左右
那是一個酷熱的夏午
他揮汗嫁接像寫詩
又是倒裝又是意象
在山向前急走
中港溪奔流中
打著赤膊
揣摩了一生
苦修就是為這一朵奇花
更盼望結出異果
他的側面酷似

羅丹的雕像
黑得透亮
閃閃發光
照亮群山
經驗不斷累積
在像地獄一般孤獨的
山間曠野
把痛苦化成一簍簍成果
讓所有人笑開懷
笑是你用心鏤成的
真正果子

發表於《葡萄園詩刊》一八三期，二〇〇九年秋季號

詩寫高雄（三首）

一、西子灣落日

啊！落日　我看到紅紅的
即將西沉的落日
在海面上不捨的跳動
海灘上　一把空空椅子
也在痴望著落日
彷彿一位老人
我即刻奔向前
在這黃昏的時刻向他
解釋一些歷史典故

其實我知道他比我清楚
比如拿破崙最後在小島上
如一隻衰頹
要飛而不能飛的
老鷹
尤其是飄搖的年代
尤其是世事誰料
英國領事館如今已變成
展示史料模型
高雄史蹟文物陳列館
將來又將變成什麼
海風沒有答案
遠方即將落下的夕陽
也沒有答案

倒是垛堤上
雙雙的儷影
他們實實在在的享受
浪捲晚霞的夢幻

仍然是紅磚式的建築
仍然是那把空空的椅子
仍然是一位孤獨無助的老人
仍然是低沉的海潮音
仍然是將沉
未沉的
落日

二、蓮池風景區

我想王勃來到這裡
也會寫一首春秋閣賦
那樣的春夏秋冬
景致的變換
豈只是秋水長天一色
豈只是滄海而後桑田
原來只是小小的蓄水庫
竟可以變成煙波浩淼的蓮池
就不能驚訝那位不起眼的小孩
何以成為叱咤風雲的人物

從虎口入從龍口出
一位洋人拿著相機

猛拍二十四孝十二賢人
尤其讚嘆地獄世界
多麼有益世道人心
孔廟彷彿傳來琅琅的書聲
附近的廟宇香火鼎盛
池上依稀開著
一朵一朵閃光的
小詩

遠處半屏山腰
正有一群蟲子
來來往往
啃食已將崩頹的
山石

三、高塔藝術文化園區

闊別三十多年，啊！高雄
你竟讓我驚異
注視著第二港區外埠
高字建築雄偉的立在
夜晚迷人的燈光下
多麼迷惑於那鮮活動人的字型
恍惚間走入大廳
竟流連忘返於貝殼美食
紅毛港的塵封往事
一一浮上心頭
不論藍天白雲
不論艷陽濤聲
信步在心門　微風走廊行

內心波濤起伏
過去沒有的不一定
永遠沒有
現在有的也不一定
永遠存有
在如此浪漫的燈影下
尋找當年模糊的影子
竟有一顆星子
在夜空中
突然殞落

發表於《葡萄園詩刊》一六八期，二〇〇五年冬季號
再刊於《台時副刊》，二〇〇五年十一月三十日

飛牛牧場

躺在綠草如茵的大地
白雲
在我頭上翻滾
群山　飛了起來
大樹　飛了起來
啊！多麼鄉土的人生體驗
人們滾動著青草
青草滾動著人們
一群人在學推割草機
另一群人在製造鮮乳酪
還有一群人在捏陶

我和一群懶人
只知道吃美食
度假套房中有更懶的人
在打呼
貪吃的人吃著烤肉
彷彿連牛和
所有的人加一切的一切
都飛的起來

發表於《葡萄園詩刊》，二〇〇九年十一月號

那一條長長的滑梯

——詩寫員林百果山

那應該是一條長梯
把從前的歷史
引到面前
讓我看見
血的拼鬪
種族的喧騰
也是人類生存的綿延
我的小女兒
從五歲一直
溜到三十歲
有位老人在梯下

喃喃自語
希望或絕望的開始
誰也看不清楚
只是一切都在週遭
流竄
人生不就如同
賣蜜餞的商店
不斷釋出
酸甜苦澀或者
還有其他各種滋味
望著長長的滑梯
彷彿一串長長的人類歷史
老人不覺
愴然淚下

發表於《自由副刊》，二〇〇九年十月二十五日

輯三

過長江偶見水鴨子

登滕王閣

一群行程匆匆的詩人
沿著滕王閣的樓梯
一級一級攀登
途中有人欲尋找王勃
導遊說他小酌去了
若小睡片刻
當有秋水共長天的好詩
江面只傳來重機械嘎嘎聲
沒有落霞也沒有孤鶩
只有貨船一艘艘駛過
還有各樓層商店區的叫賣聲

我手上拿著空白的稿紙
苦苦尋覓詩句不得
無奈間撕得粉碎
一揚手
晚春最後一場雪
竟從最高層飄然落下

發表於《中華副刊》，二〇〇六年十一月四日

黃果樹瀑布

一群仙女向崖邊靠近
她們一起把銀色長髮
翻了下來
長長的波浪
千萬年來
就一直在那裡嘩啦嘩啦

走到懸崖後面
從凹洞觀看
一片水晶簾幕
天就在下面

而且
有好幾道彩虹

仙女們在山上跳舞
咚咚咚的足音
正在邀請遊客共舞
人們醉在這一片水聲世界
而聽不見
領隊尋人的叫聲

發表於《中華副刊》，二〇〇六年十二月九日

古窯遺址
——記遊江西瑤里古鎮

一朵巨大的斗笠
如雨後菇類冒出
在雜草叢生的茂林中
向千里外飛來的遠客
招手

斗笠下一個孤寂的影子
雙手正在旋轉捏陶托盤
時間像一團黑影
自盤中旋轉粉碎
然後不斷飛出

一小塊一小塊
宋元明清的瓷片

程氏宗祠的牌樓下
站著一個久久捏不出作品
愁容滿面的瘦小男子
嘴裡不知述說些什麼
如同那滔滔的江水
我們注視他時
他眼睛卻分外明亮
畢竟
他也是從古窯裡出土的

【後記】：二〇〇六年三月與文友同遊景德鎮，訪瑤里古窯有感而作

發表於《中國時報・人間副刊》，二〇〇七年八月十六日

咸亨酒店

風景：坐在酒店一角，來盤茴香豆，外加一大碗陳年紹興黃酒，
形成咸亨酒店特有景觀，特詩記之。

喝著喝著喝到微茫時
歪斜著頭瞄了一下店小二
嘿！你可不能用那種眼光看人
我又不是孔乙己
給不起酒錢

當然不會啦
小二又是打躬哈腰作揖

又是趕忙倒酒
你老當年拒絕聯考
豈不形同不參加科舉
聽說有些人不會ＡＢＣ還唸碩士

你這就對了，再來一碗
雖然許多朋友書是唸了
聯考也考了
但是履歷表滿天飛
還是到處碰壁
師大師院畢業生
都流浪去了
和我豈不差不多

報紙上還說呢

對了，再來一盤豆子
博士還拜託市長
找大樓管理員
許多人像蠻牛亂闖
哈！哈！小二不要客氣
來　來　來一起坐下
和孔乙己喝吧
有酒冬夜既不冷也不
寂寞

再來再來一碗酒
一盤茴香豆
外加你陪我聊天
我們把滿肚子不痛快
和酒一起

吐出來
吐了一地
現代浮世繪

二〇〇七年六月十四日
發表於《葡萄園詩刊》一七五期，二〇〇七年秋季號

宏村古鎮

旅行隊伍逐漸蜿蜒成蛇的樣態
鎂光燈和驚訝的眼神
一起聚焦
在村南碧綠的湖水
導遊說
你們已是今年
第七十五個隊伍

湖畔圍繞著寫生者
一張一張淡彩水墨
和專注的眼神

也融進觀光風景裡

書院大門
和廳堂中的字畫
從宋朝就一直
風風雨雨
整修再整修
遂形成時間的大畫
彷彿許多歷史事件
一併來到眼前

村中的所有流水
都智慧型向南
且設有層層關卡
濾去水中雜物污染

所有注入南湖的水
都和宋元明清時
一樣清澈
許多新增的小舖
也可喝茶
也可喝咖啡
古今中外同在

最豪華的一間古宅
子孫早已被迫流落他方
導遊又感慨的說
早已變成公產
吞雲軒只留下
昔日鴉片煙具和擺設
排雲閣也未聞

麻將聲
不過聽說這裡
還是藏龍
臥虎

一行人感嘆又感嘆
八百年的輝煌
在世界級文化遺產中
耀眼閃爍

還有多少八百年
再八百年
又八百年
問號與夜色
逐漸由四面八方掩至

黃山上仍傳來
人們遇雪的驚嘆

最高的屋脊上
立著一隻迷途鴿子
正四顧茫茫
不知該飛向何方

發表於《創世紀詩雜誌》一五二期，二〇〇七年九月

世外桃源

——記遊貴州青岩古鎮

原來令人不解的
並不祇有
灰色的屋瓦
黑色的衣褲
原來大家臉上的狐疑
是豬何以和人同住一屋
還有老阿嬤臉上笑容
竟和老阿公煙圈一樣
和平而舒緩
更有那剛剛露出的嬌陽

把普照在世界的光芒
也不吝嗇的照在這裡
人們說根據統計
這裡人的平均壽命
八十幾歲
令人不解的更有
遊客不習慣的掩著鼻子
不吃這裡的食物
只有把純樸得近乎傻呼呼的笑容
一一珍惜攝入鏡頭

【後記】：二〇〇六年三月與文友遊貴州，過青岩古鎮有感而作。

發表於《秋水詩刊》一三五期，二〇〇七年十月

頤和園

遠方的鏡頭
像三Ｄ立體電影
不斷播放
一種仍然是當年
王朝的景象

我們的旅行隊
走在滿是雕樑壁畫
大清皇室威風的長廊
如果再有成群護衛
如果再有成群嬪妃

豈不也是意興風發

遠方的孤山小島
水中建物
不斷播放
權力的意象
許多和我們一樣的遊客
走馬觀花
並不能體會權勢
其實只換個字眼
從此地移到彼地

一行人走著
前進或者後退
只像影片的放映或倒帶

一片空白的大腦
和飢腸轆轆的肚子
只有東來順的涮羊肉
或全聚德的烤鴨
最能滿足我們的慾望

山水怡情也罷
威風顯赫也罷
如今都成一群一群
過客
年年換成不同的人

二〇〇七年三月遊北京有感
發表於《葡萄園詩刊》一七六期，二〇〇七年冬季號

天龍屯堡

——遊貴州小記

那時「地戲」還在上演
看不懂劇情
沒有口白
導遊說那是從明朝
朱元璋帶來部隊
開始在貴州構築城堡
堡中的自衛力量

然而
從面具後面

眼神透露出
認命的光芒

如蒲公英
風吹到那裡
生根到那裡

每一個比劃姿勢
都告訴觀眾
要活下去要活下去
且已就地生根
日子有多久
根就有多深

【後記】：二〇〇六年三月與文友遊貴州，過天龍屯堡，有感而作。

發表於《中國時報・人間副刊》，二〇〇八年三月四日

登黃鶴樓

未來之前
正下著微雨
車行迅速
而心中
恐會失去昔人乘鶴歸來
停在樓頂的鏡頭
也不管是否有晴川歷歷
漢陽樹
也不管是否有
芳草淒淒
鸚鵡洲

樓正面對著
長江大橋
我正面對著
奔馳不停的車流
沿著階梯而上
讀著名人的字畫
讀著黃鶴樓記
想著自己是否
也能寫一首
讓人千古傳頌的詩
想著想著
已下午五點
到了門要關的時刻
詩還在
煙波江上

怎麼抓也
抓不著
夜色逐漸低垂
天地漸漸蒼茫

發表於《中華副刊》，二〇〇八年三月二十六日

過長江偶見水鴨子

暮春三月
江水平鋪成一張長長宣紙
水鴨浮游江上
驀然凌空飛起
在江面上寫出五六公尺長
飛白
涵意是深了些
然後
以懷素的狂草
在水面形成
一幅抽象波紋

至於
潛在水下所寫
就不知是米芾
或八大山人
或我心中的一股
涼意

發表於《中華副刊》，二〇〇八年六月八日

夜遊圓明園

二〇〇六年三月，白天遊圓明園，文友已覺有夠荒涼；
二〇〇六年八月，再遊圓明園，因是夜間，更覺淒涼。
有文友輕哼著〈荒城之月〉的歌曲，有感而作此詩。
想起二〇〇三年九月底，夜遊珠海圓明新園，
五彩燈光與北京圓明舊園之蕭瑟，不可同日而語。

一、夜半荒城聲寂靜

那年八國聯軍的槍聲
把所有聲音
縫進了時間之中

整個園區
就像今夜
就再也聞不到聲音
除了蟲鳴
一片靜寂

二、月光淡淡明

盤古開天以來
她就是這樣
冷冷的
淡淡的
看著世間人物
各施所長寫自己的
歷史

她沒有表示任何
意見

三、昔日高樓賞花人

年年有人賞花
處處有人賞花
只有園裡孤單的樹影
陪著落寞的花朵
欣賞著自己的
影子

四、而今無蹤影

影子疊著影子
接連出現一系列影子

如同一系列的故事
放映在園裡
人們沒有看見
而且永遠
不會看見

五、玉砌朱牆何處尋

晚風挾著斷牆
以及無數破瓦
飛了起來
到處會再建精美華屋
豪宅以及庭園
但今夜飛起的碎片
卻嚴重擊傷我

單薄的身軀
血飛濺在
東倒西歪的樑柱斷石
也飛濺在每個人
身上心上

六、碎瓦蔓枯藤

從地上一片一片
生長起來的屋瓦
洶湧成一道
土石流
乾枯的蓬草藤蔓
奮力向四方伸出
攔也攔不住的

手臂

七、明月永恆最多情

整個園區
到處是月光
雜草在月光中泅泳
枯樹在月光中泅泳
倒在地上的石柱
也在月光中泅泳
當年的所謂藝術精品
也都在月光中泅泳
只有我心中一直想大喊
卻喊不出一聲
救命

八、夜夜到荒城

夜夜到這裡
翻閱人世間千變萬化
一本複雜的書
今夜她翻閱著我們
我們只來此一夜
而任何看不見她的夜晚
她還是來這裡
風雨之夜，也要來
沙塵暴之夜，也要來，
山崩地裂之夜，也要來
我突然對著她
流下了同情之淚

發表於《乾坤詩刊》四十六期，二〇〇八年四月

印象灕江

——記觀賞《印象・劉三姐》

雨下著
夜色漆黑
雷射光從江面
瞬間射出
江邊的山突然
升高上來

歌聲從弦月上
飄下
一個忽隱忽現的胴體

在月亮上緩步輕舞
江面上紅色的波浪
正翻滾著浪中的漁人

遙遠的故事
連著美麗的傳說
正義與邪惡
千古以來不斷上演
而水牛還是水牛
沿著阡陌緩步而行
農人還是農人
荷著犁辛勤工作

觀眾穿著雨衣
在雨中觀賞

或激動
或感慨
一群擎著火把的少女
火光照在觀眾臉上
我看到所有人臉上的
雨水和淚水

【後記】：二〇〇八年三月與文友遊灕江，觀賞大導演張藝謀執導大型山水歌舞劇《印象‧劉三姐》，當夜內心深受震撼，至今不能忘懷，是為記。

發表於《葡萄園詩刊》一七八期，二〇〇八年夏季號

長城短調

一

人類歷史上的一道
傷痕
千百年來
一直不斷
汩汩流出
鮮血

二

站在八達嶺的最高點

風不斷呼嚎
有人舉起手臂
自認為是
歷史詮釋者

三

棋盤上的一條
楚河漢界
兩邊對壘的主事者
豈管他
兵卒之生死

四

兵卒自秦漢起

就很少歸鄉
寒天大漠中
淚眼更是望不穿
風雪的茫然

五

發怒哭喊
以及
高聲問天
都只有風
沿著山的高低
嘆息起伏

六

每次站在城頭
都彷彿看見
山與山之間
騎馬的士卒飛奔
閃著銀光的盔甲
追逐一個虛無的夢

七

沿著高低起伏的城行走
每一塊城牆
都在腳下沉重嘆息
每一塊石頭

都向遊客
瘋狂吶喊

八

我在城牆上唸大悲咒
咒文聲中
彷彿有成千上萬的士兵
手執白骨
敲打應和著

九

從城頭的射擊口
望出去

起伏的山如同千軍萬馬
飄浮的雲
瀰漫如人類永遠的愁思
只有那年兵荒馬亂的吆喝聲
仍在城牆下迴響

發表於《創世紀詩雜誌》一四八期，二〇〇六年九月
再刊於《青年副刊》，二〇〇六年十二月三日

花溪

巴金頭微仰嘴微張
站在紀念館前
看著紅色的花
和白色的花
開在同一樹枝上
我拿著我的詩集對巴金說
如果風吹來　是否
你的小說筆法
也會出現在我的詩上

過長江偶見水鴨子

我看見有人逃跑
他忠實於大海
不願在這山邊小村流連
他要回到他來的地方
文筆章法如何
他並不在意
只要枝上開的花不是
不是塑膠花就好

花溪的所有花朵
都迎風招展了起來
那逃跑的人
跑了好遠的路
都還在叢中繞

一直繞不出來
繞不出來

【後記】：到貴州旅遊，過花溪，見巴金紀念館有感而作。

發表於《聯合副刊》，二〇〇六年九月二十六日
選入《二〇〇六年台灣詩選》

廬山觀瀑

——與李白唱和

前面的瀑布
跑給後面的瀑布追
一波一波連成一條
白色銀鍊
讓後來的詩人
追問
李白先生它真的只有三千尺
李先生後悔的點點頭
它一直奔流而下
當然不只千尺

而且也不只銀河從九天落下
寰宇中所有的星辰
彷彿都跟著落下
於是星辰掛滿了前川
淙淙泉水聲
和著眾山鳥的鳴叫
滿山呼應

發表於《中華副刊》，二〇〇六年五月三十一日

黃山去來

一、歸園

一種寧靜
然後是訪客的訝異
然後見到的是陶藝家的作品
靜靜陳列在迴廊
大廳以及
類似展覽館
冬季使草木有些

枯黃
但暖陽還有
主人簡短熱情的歡迎詞
溫暖了來自海島的訪客
一首首即席詩篇
在大門前草坪上朗誦
濃重的鄉音
似懂非懂的神情中
晃盪

每個屋簷
彷彿都藏著一雙
張望的眼睛
我注意到了
未乾的淚痕

正隨著黃山上吹下的冷風
訴說著
一直未了的心願

二、火花
——記新安山莊詩朗誦之夜

一種熱力升起
穿越厚厚隔離的岩層
距離縮短
彼此拉近
縮短　拉近
興奮激動的猛火
一盞盞亮起
有人讓世界上最大的石頭

展示最長的詩
有人讓三國趙子龍
勇猛的左衝右突
有人讓答答的馬蹄
在詩人間
拋下春天江南的花朵
在寒冷中垂頭的草木
都精神昂揚了起來
世界上所有的黑雲
都彷彿是烏鎮的烏篷船
隨著時間的小河
划得不見踪影

三、零捌年歲末上黃山

飛騰而起
向下望
竟然是千山萬壑
在腳下
那些雲
那些未溶的雪
那些吸引我從小島奔來
展現千姿萬貌的奇松
終於撥開
心靈的迷霧
一眼洞見
大千世界
一切

豁然開朗
拋開俗世的塵煙
奔上飛來石
跑向光明頂
在寒風中
心緒奔騰跳躍
長期處於壓抑
遂在山巔上
對著山風狂歌
以一次小小的獨立
在天都峰
如大鵬張開雙翼
挾著自四面八方而來
天地間萬籟的對話
對著兀立的大石

一再撫摸又撫摸那冷冷的岩壁
感受造山運動的神奇
是什麼力量
將它推上危危的山崖
並且立千萬年不墜
彷彿看見一隻無形的手
正悄悄在山壁上
題詩

發表於《創世記詩雜誌》一五八期，二〇〇九年三月

孤獨立在黃山上

是具有魔力的巨人
拿著無形的雕刀
是神匠的藝術技巧
把一座座
奇形怪狀的山峰
呈現

波浪似的
一層起伏一層
雲帶各異
在中間湧動連結

一座座纜車
快速讓人們飛升
如乘風駕鶴
卻也粉碎了千萬年
人們對美的仰望

還是那陣突然的雪
最會留白
把不該有的不完美
一一隱去
此時　黃山隱去
只留我孤獨立在
一片雪白中

發表於《秋水詩刊》一四二期，二〇〇九年七月

輯四

雨季不再來

舞

——觀董陽孜書藝

天際彷彿傳來
一陣陣俠客朗朗的笑聲
你執筆如同仗劍
一筆劈到天地盡頭

龍蛇在你劍下
左衝右突
朦朧雙眼望向前方
漸去漸遠的影子
是筆底留下的飛白

深吸一口氣
突然腕下一迴旋
舌吐一道寒光
把四周灰濛濛的雲霧
用力撥開

啊！那不就是公孫大娘
操演日月星辰
所舞出的黃山黑虎松
頂天立地的架勢

發表於《中國時報・人間副刊》，二〇〇八年三月十三日

行吟者

當彼岸高樓
已然超過一〇一大樓
哦！雙子星
而今安在哉
（吟者孤獨的行吟著：朱門酒肉臭，路有凍死骨）
距離九一一已有些時日
我卻想起杜甫先生
千載以前
你以獨特行吟的風姿

一樣的細草

而微風吹過彼岸
一樣的星垂
而平野依然曠闊

可是
人們沒有辦法
讓仇恨
隨大江流去

反而讓仇恨
如月光在江面洶湧
我飄飄的身影
仍然如你的
天地一沙鷗
我行吟各大都市

卻不知
什麼主義可以
帶來世界和平

資本主義不是
共產主義不是
到底是什麼主義
可以讓暴力不再
讓仇恨不再

九一一已矣
雙子星已矣
人們仍然日日夜夜
如獨行的危舟
不知何時會

飛灰
煙滅
（行吟者：朱門酒肉臭，路有凍死骨）

二〇〇七年八月三日初稿
二〇〇七年八月二十九日修訂
發表於《創世紀詩雜誌》一五三期，二〇〇七年十二月

短詩花束（二十二帖）

一、釣

為什麼我釣了一輩子
從未釣到一條
魚

一生都在向天空垂釣的老者
仰天發出
沉重的嘆息

發表於《乾坤詩刊》四十四期，二〇〇七年十月號

二、錯

我們相遇的時間不對
彷彿弄錯季節的花
本來整夜情話呢喃的海音
竟變成
嘮叨不停的
唸經

發表於《乾坤詩刊》四十四期，二〇〇七年十月號

三、醒

那夜坐在海崖上

海水從雙足往上冰冷
一再拍打黑色岩石的海浪
猛力搖晃混沌的腦門
淒切的哀音
終於擊碎長久的堅持

發表於《乾坤詩刊》四十四期，二〇〇七年十月號

四、雨中西湖

微雨中
我看見身著薄紗的
西子

正在虛無
飄渺間
泅泳

發表於《乾坤詩刊》四十四期，二〇〇七年十月號

五、雪後黃山

渾身亮麗的黃山
說
你來的正是時候
我把所有的碎鑽
和水晶
都掛出來迎你

發表於《乾坤詩刊》四十四期，二〇〇七年十月號

六、聽蟬

我知道你蟄伏得太久
一旦有機會演奏
就拚命
把弦拉到最高音

發表於《聯合副刊》，二〇〇八年四月二十三日

七、夕陽

漁夫趕忙撤網
企圖撈起
正要跳海的落日
卻

只看到一陣黑煙
破空而去

發表於《聯合副刊》，二〇〇八年四月二十三日

八、小雨

和眾多小雨滴
落下
輕輕
沒有落在高山
也沒有落在大海
幸福的我
落在寂寞的

一角

發表於《聯合副刊》，二〇〇七年四月二十日

九、晨報

啪的一聲
你重重跌落在
院子裡
我打開門
你迎我
以初升的太陽
然而有時
卻迎我以一團
迷霧

發表於《聯合副刊》，二〇〇七年四月二十日

十、問號

含著食物
嘎嘎兩聲
不懂不懂的綠頭鴨
仰頭望著
今年飛來過冬的伯勞
和灰面鷲
歪著頭
變成一個大大的
問號

發表於《聯合副刊》，二〇〇七年四月二十日

十一、始信峰

如果此刻
我飛了出去
飛向那迷人的山谷
一定不是自殺
而是
受了美的驚嚇

發表於《聯合副刊》，二〇〇九年五月十一日

十二、徽州牌坊群

數萬個女人
在野外哭泣

只有少數幾位
能站上牌坊
站上去的女人
哭聲更大
讓石柱永遠潮濕未乾

發表於《聯合副刊》，二〇〇九年五月十一日

十三、鐘聲

正在山寺外泡茶
一陣鐘聲傳來
有茶嗎
我倒了一杯給他

從此
鐘聲不再響

發表於《聯合副刊》，二〇〇九年八月三十一日

十四、秋水

一泓水從那深山
慢慢的流了過來
哦！是一條魚
彎彎曲曲的游了過來
游到眼前的魚
迴了一個彎竟是一個季節

發表於《聯合副刊》，二〇〇九年九月二十七日

十五、獨酌

我舉杯招進一群酒友
在那夜我獨酌時
他們紛紛在室內飛舞
只有未醉的我
躺在地板上
吐了一地

發表於《創世紀詩雜誌》一六一期，二〇〇九年十二月

十六、風箏獨白

我真恨
這樣一生一世上下

拉扯
有朝一日我發誓
不把線拉斷
也要把你拉上天空

發表於《創世紀詩雜誌》一六一期，二〇〇九年十二月

十七、尋

忍耐了很久很久
終於從瓶口伸出一隻手

春天尋找
發芽的震動

發表於《創世紀詩雜誌》一六一期，二〇〇九年十二月

十八、醉茶

友人把一杯茶端起來
一飲而盡
眾人問
味道如何
不就是啤酒嘛
一夢千年
只喝一杯
分不清茶或酒

發表於《創世紀詩雜誌》一六〇期，二〇〇九年九月

十九、吵茶

與A喝茶
外面風聲沙沙沙
與B喝茶
夜幕快速落下
與C喝茶
捧杯一飲而盡
心思在室外
與許多人喝茶
只有鳥聲
嘰嘰喳喳

發表於《創世紀詩雜誌》一六〇期，二〇〇九年九月

二十、不如何茶

這種茶喝一口如何
不如何
那麼喝兩口呢
也不如何
不喝呢
更不會如何
眾人仍一口一口喝著
不如何茶

發表於《創世紀詩雜誌》一六〇期，二〇〇九年九月

二十一、蟬聲與茶

請詩友喝茶
蟬聲叫個不停

對蟬聲茶不懂
對茶蟬也不懂
樹林中傳來
更響的蟬聲

喝吧
茶對蟬說

發表於《創世紀詩雜誌》一六〇期，二〇〇九年九月

二十二、石頭無語

一排排對坐的石頭
交頭接耳
走近他們
他們噤聲不語
走回房中泡茶
石頭又交頭接耳
泡完茶只好
每顆石頭各給一杯
從此
石頭無語

發表於《創世紀詩雜誌》一六〇期，二〇〇九年九月

童年

一

終日無所事事
循著潭畔看水鴨成群
游過水草綿密的南浦
那時村人都純樸
微笑點頭看我
挾著一本七俠五義
還笑稱要考秀才啊
阿嬤的大蒸籠
總有陣陣的年糕香

悄悄的偷了幾塊
趕著幾隻羊
或者鵝鴨
深入村南密密的竹林
巡視游魚的小溪
坐在老榕樹下
拿起粉臘筆
畫東邊的山巒
或飛翔的鳥群
童年就沿著
潭中的水波
一圈圈散去

二

跟在犁田的牛後面
白鷺鷥搶食蟲子
或者蚯蚓泥鰍
我的竹簍總比牠們
慢半拍
常搶拾不到任何一隻小蟲
更別說泥鰍了
幾個毛頭小子
躲在蔗園中當大老鼠
把肚子吃成
懷胎十月
村東的魚池
或者垂釣

或者乘竹排捕魚
天熱了
紛紛下水
學起狗爬式
笑聲消逝在
一陣水花之間

三

村南的小學堂
突然住進渡海來台的阿兵哥
在操場埋鍋造飯
我們吃著他們送的燒焦鍋巴
他們說著五湖四海三山五嶽
彷彿個個都成了

武俠小說中的好漢
他們的毛筆字真神
寫在教室粉牆上
一個字一個字都像
要飛了起來
他們教我們如何
鬥蟋蟀
我們鬥得笑哈哈
他們卻個個淚流滿面
說心早已飛到海的那邊
尋找家鄉的小孩

發表於《葡萄園詩刊》一七一期，二〇〇六年秋季號
再刊於《青年副刊》，二〇〇六年十二月三日

圍爐
——記兒時鄰居

除夕圍爐
林家老宅的大紅燈籠
從長滿雜草的圍牆上
升起

林家子孫把乞丐籃子
高掛中庭
讓他默默為祖先曾經的艱辛
發言

那時從沿街乞討
到搜購大部份附近土地

到開地下錢莊
到子孫散居各處
到讓老宅獨對
每日夕陽黃昏

只有此刻
數百人從四面八方
回來相互舉杯
往往淚眼中互相對著
已經黯淡褪色的燈籠

發誓
發誓要讓昔日的笙歌
再度響起

發表於《葡萄園詩刊》一七四期，二〇〇七年夏季號

側寫某詩園主人

往山壁上
一刀一鑿的
就是摩崖詩刻嘛
我看到你獨自用力
在詩的庭園
播種一粒一粒
細小的種子

且時常用刀片
在竹子的環節間

刮去綠色的皮膚
有些蒼老的樹幹
你也以鑿子
鑿去它醜陋的結痂

種子發芽成長
在一片刮皮的竹枝
與鑿結的枝幹之間
迎風展姿

年年園中光禿禿的枝幹
伸展著
它有稜有角的姿勢

奮力在虛空中
寫詩

二〇〇六年十二月五日
發表於《秋水詩刊》一三二期，二〇〇七年元月

那個聽你忘情高論的夏午

——致某詩人

你心中起伏的浪濤
豈是一般俗人能夠理解
張起滿漲的風帆
兀自彈唱大江東去
數十年的日子
就消逝在一些雜亂的字紙間

有時面對一堆文字
就如同面對小情人的頭髮
像那年在故鄉小山邊
喏，嘟起嘴為她

抓起髮中小蟲

曾經寫詩
也曾經畫畫
把一缸墨水傾倒
寫出了長江黃河
也渲染成五嶽三山

就這麼著
我們在丹堤咖啡
忘情的聊了一個夏午
詩　竟還沒寫一行

二○○七年三月八日

發表於《秋水詩刊》一三三期，二○○七年四月

調寄某詩友

現在仍一直回想
你在花蓮和南寺
對著太平洋藍色的大海說
滴水穿石
花東海岸美景
豈是一朝一夕而成

仍老想著你
如何把月亮
拿來泡茶
更即興煮酒

一口一口喝著
滿杯的月光

沒有酒錢的日子
你老嚷嚷
月亮請坐
月亮請坐
更倒了一杯水
讓月亮泡澡

舉杯敬你這樣不俗的怪客
你拿起一朵花　照舊
一口一口吃下
並戲稱自己是種梨高手

離是離了半世紀
那無法丟棄的臍帶
即使到了保羅·安格爾的外文學院
你還是道道地地
從中國文學中
蹦出的
一隻孫猴子

二〇〇四年七月九日初稿
二〇〇五年十二月十八日修改完稿
發表於《葡萄園詩刊》一六九期，二〇〇六年春季號

暗夜的指南針

在冷而寒的暗夜
你猛力拋出一顆小小的石子
小小的石子竟然在空中
爆裂成巨大的火花
那些在眺望星星的人們
看見了
那些在寒風中打哆嗦的人們
不再感到孤單
不再覺得希望渺茫而閃爍
小石子不只會有悲傷
小石子不單單只想成為玉

它要在空中自焚
成為一片火光
成為暗夜的指南針
許多石子都會跟著
從高山上直奔而下
燃燒成一片流星海

發表於《乾坤詩刊》三十七期，二〇〇六年一月

隱題詩（一）

瘂然獨坐高山幽谷瀑布前
弦忽然響起和著水聲
在日頭將落未落時
斷了歸鄉之念
橋搭是搭了
後面仍是一陣躊躇
想些甚麼並不重要
寫詩或可稍稍寬心
一片癡情將在一
首一首
詩中釋出

而人生的苦並不只有在
後面千山萬壑的
杳杳鐘聲中
然後可以了悟可以忘卻可以
離開十里紅塵
去向八方風雨穿透永恆
不記掛是否仍是詩壇一盞明燈
再也不想回頭

踽
踽行過天涯
而後揮一揮衣袖然而
行到一座斷橋竟還是回頭

發表於《詩網絡》二十三期，二〇〇五年十月三十一日

隱題詩（二）

他們是一群遊子猶如我
們脫離母體乃以不可解的方式欲在
今晚展現世界如何無情如何以暴力虐殺
夜風根本不在意只有訕笑只有
在冷冽的夜晚賞我們以腳鐐手銬
風真的無情嗎　那麼請看看四周
城牆如何以更冰冷圍困我們如何以
飆速三千里狂猛以
詩的極限表現讓
聽眾或觀
眾的狂吼中

個
個在風城新竹時間二〇〇五年十一月十八日晚
醉得奇形怪狀
倒了一地忘了悲情苦痛只有
詩是一切　只有
意亂情迷傳送
滿嘴玄機以及
胸中丘壑

發表於《秋水詩刊》一二八期，二〇〇六年一月

命名

也曾住過澳洲紐西蘭
也曾住過中美洲不列巔
見識過加拿大風雪
見識過美利堅的颶風
然而，見多識廣的我
竟不知如何為寶寶命名

你當然知道我的名字
祖父在異鄉奔走衝撞
希望父親的名字讓他記住
台灣的山山水水

不知日月潭阿里山
沒有走過濁水溪高屏溪的父親
希望我的名字中有他心中的
長江黃河三山五嶽
你當然也知道我父親的名字

然而，父親啊！祖父
我如何在剛出生的寶寶身上
為你們的願望刻記

二〇〇五年八月十一日
發表於《秋水詩刊》一二七期，二〇〇五年十月

天涯共此時

——致憲陽、石平

黃昏的夕陽
將落未落時
一隻灰色鳥
停在南師紅樓的屋頂
時而東張西望
時而低頭沉思

四十年前兩個毛頭小子
在化雨亭裡低吟

竟從此一變
而成為走索者
顫危危的還一直
走在高山懸崖邊緣

如今
遠在日本的天涯倦客
仍不時有詩文寄回共享
而先行者
也已事業有成
並在詩壇上栽種了
許多詩的花園

正懷思間

夕陽已落下
鳥突然飛起
沒入逐漸漆黑的
夜色中

發表於《秋水詩刊》一二九期，二〇〇六年四月

雨季不再
——再致憲陽、石平

那年的雨季
你為我們傘起一把晴天
為我們打開長滿青苔的門楣
敲那門上的生銹古老銅環
那時你的詩句會轉彎
一轉再轉而進入
我們的詩中

那時午夜淒涼的叫賣聲
「燒肉粽」進入我們的心坎

也進入我們的耳鼓
並形成詩篇
更引來同學爭讀的眼睛
名古屋的笑聲在校園傳遍
灣裡沙灘上
海浪一再沖走我們的青春
只有貝殼依然
在書桌上傾聽我們
朗誦莎士比亞十四行
還有泰戈爾的漂鳥

雨季不再
海邊衝浪的日子不再
安慰我們走索者心情的
仍然是那

飛越千里
一轉再轉而
灣進我們生命中的
詩

發表於《秋水詩刊》一三〇期，二〇〇六年七月

棋人奇語

烏雲密佈
一陣狂風猛掃
落葉
啊！我的白棋已被趕入
死胡同
你的黑棋竟然
也如浪捲殘雲
一再吞噬
我那小小的領地

那小小的領地

讓我做最後一擊
如果要翻盤
勢必要全盤修改棋理

修改圍棋成西洋棋
修改西洋棋成跳棋
修改跳棋成象棋
五子棋
修改修改修改
我的白色棋子們
全部用力吶喊

凡不合我意者即要修改
凡棋法不同者均非我族類
怎麼可以用你那種棋
圍盡我所有領地

沒有土地還有海
沒有海還有天空
沒有天空還有地底
沒有地底還有
還有什麼

地底仍是寬廣的世界
仍可奮力一搏
再重新整理
那已不成隊形
沒有戰法的
已經變成非黑非白
不紅不黃的
棋子

發表於《創世紀詩刊》一四四期，二〇〇五年九月

輯五

漁歌

開始尋魚

在東西海岸我尋魚
尋魚而至數不清足跡
足跡在那個民宿
足跡在那個洞窟
那條街那個民藝會館
那個文化園區溫泉ＳＰＡ

在高山大海間我尋魚
尋魚在峭壁深谷之間
尋魚在神木群裡
是否我要像屈原

自沉於淡水河
是否要像正氣歌
風簷下而展讀詩書
是否也要引頸向天
向天飛出沉沉的
嘆息

發表於《創世紀詩刊》一四五期，二〇〇五年十二月

某些堅持

你用什麼眼光看我只要
只要你願意我將
我將甘之如飴
將不會長串囉嗦辯解
說我是平凡得不能再平凡
日夜尋魚只為三餐
到處閒話漁樵只為無聊
我不是挑剔因為
因為許多魚都不是我要的
我要的魚無關大小
無關種類無關外型無關

無關規格無關什麼或什麼
本來就與一切無關
我讓我的魚簍空空
讓我的魚線折斷
讓我的魚網粉碎
讓寰宇內最大的諷笑聲
四面八方不停的轟炸
轟炸　轟炸　轟炸

發表於《創世紀詩雜誌》一四五期，二〇〇五年十二月

在陽台垂釣

最先最先我是懶散的釣客
只在陽台垂釣
沒有到東北角站在礁石上
迎風浪　迎海鷗　迎日月
煙圈是我的釣線
藍天是我的大海
遠山一定藏有魚群
努力垂釣日夜守候
但牠們都只有成群洶湧
只有讓我徒然羨慕
羨慕牠們竟然如此狡滑

竟然都不上鉤也不入網
即使我的釣線拋得再長
網張得再大
魚仍自在悠遊
我的魚簍仍然空空
仍然沒有抓到任何一條
我的煙圈仍然不斷拋出
我的釣竿仍然不離手
而魚不至就是不至

發表於《創世紀詩刊》一四五期，二〇〇五年十二月

上街垂釣

不至不獲心有不甘乃至
乃至上了街頭
街頭彷彿長河
長河中應有魚群
有魚群許多人都來垂釣
他們彷彿收穫頗豐
魚簍滿滿　而我
而我仍然一無所獲
有時竟擠到人群中
看他們爭執為了一條魚
看他們爭執也不全為了魚

他們爭什麼有時我也不懂
正如他們不懂我為什麼
為什麼撈不到任何一條魚
兩邊由口角而動武而
棍棒齊飛而魚
魚正迅速溜走
迅速溜進少數人的魚簍中
而這群人不知仍然
仍然努力推擠搏鬥
他們什麼也沒有正如
正如我什麼也沒有

發表於《創世紀詩刊》一四五期，二〇〇五年十二月

夢中的魚

有時我看見閃電中
轟隆隆的雷聲中
烏雲滿天的大海中
正閃著我夢中大魚的鱗片
此起彼落耀眼
讓我急急拋出釣竿撒下
撒下大網撒下我所有的夢想
並慢慢的拉回深怕
深怕那是一條巨大的魚
會扯斷我的釣絲
掙破我的魚網慢慢

慢慢的拉回慢慢的收網
竟然拉回一網子水聲
拉起一竿子泡沫
慢慢的我慢慢的拉回
拉回一網子空

發表於《創世紀詩刊》一四五期，二〇〇五年十二月

空空懷想

想起石洞中鑿牆的聲音
空空
想起街頭禪坐的市聲
隆隆
想起我們一起登山尋魚的呼聲
赫赫
徘徊再徘徊仍然
仍然拎著空空的釣竿
仍然拎著空空的魚網
仍然是魚簍空空
空空洞洞我的腦海中空空

那是什麼樣的石洞中竟然
竟然有魚而且
而且是巨大舉世無匹的魚
那是什麼樣的一條街竟然
竟然也可在禪坐中抓到
抓到一條也是舉世無匹的
魚

發表於《創世紀詩刊》一四五期，二〇〇五年十二月

捕魚聖經

想像中一定有一本
有一本捕魚聖經
應該不遠千里去尋找
尋找可以順利捉到心中大魚的
聖經一本可以放諸四海
四海不一定皆準四海
不一定認同然我
我可以一再翻閱一再
一再研讀一再取而用之
那是在敦煌洞中泛黃
泛黃的經典嗎

那是雲崗或是大足
壁上的佛雕嗎
那是風起雲湧的三山五嶽嗎
那是　那是奇形怪狀的石林嗎
那是一本讓我
讓我捕到魚不賣
捕到魚也不烹煮也不
也不送人也不
也不放回河海的捕魚聖經嗎

發表於《創世紀詩刊》一四五期，二〇〇五年十二月

在山海間奔波

看到人們揑陶我也揑陶
看到人們在山巔海角喝
喝行動咖啡我也喝行動咖啡
看到海釣船出海我也出海
看到鏢魚船射鏢我也射鏢
擠上船只為了尋魚
山邊海涯奔波只為了
只為了那夢中的魚
而我立在船頭起鏢
起鏢的姿勢正確如老船長
但他射到魚射到

一尾在海中左衝右突的魚
而我竟然連人帶鏢
跌入海中沉到深黑的海底

發表於《創世紀詩刊》一四五期，二〇〇五年十二月

尋魚終生不悔

觀魚的莊子我不知
不知他是否知魚之樂
杜甫的漁歌入浦多深
我也不知
我仍每日每日沿著
沿著黃昏的海岸尋魚
沿著養殖魚塭尋魚
沿著魚市場的攤販尋魚
我不怕那種腥味
不怕任何訕笑如風聲
你如果來看我未遇

未遇那一定是
一定是尋魚去
尋魚未歸
尋魚在茫茫人海

發表於《創世紀詩刊》一四五期，二〇〇五年十二月

落蒂寫作年表

- 一九四四年生於嘉義縣新港鄉大潭村。
- 一九五七年新港國小畢業。
- 一九六〇年嘉義中學初中部畢業，九月進入嘉中新港分部就讀。
- 一九六一年七月重考，九月進入南師，開始發表習作於校刊。
- 一九六二年開始在南市《青年天地》發表習作。
- 一九六三年在《野風》發表習作。
- 一九六四年南師畢業，分發嘉義縣社團國小服務。
- 一九六五年在《中華副刊》、《中央副刊》發表習作。
- 一九六七年服務國小三年期滿，參加聯考，進入高雄師大英語系就讀。
- 一九六八年在《作品》、《葡萄園詩刊》發表習作。
- 一九七一年高師大畢業，分發省立民雄高中服務。

・一九七二年服預官役。
・一九七四年八月退伍，進入省立北港高中服務。
・一九八〇年加入風燈詩社，作品開始在各報章、詩刊發表。七月應邀擔任台南市文藝營指導老師。
・一九八一年四月出版《中學新詩選讀——青青草原》（青草地版），七月應邀擔任台南縣文藝營指導老師；十月出版詩集《煙雲》。
・一九八二年七月擔任雲林縣文藝營指導老師；十一月出版散文集《愛之夢》，十二月創辦《詩友季刊》，前後出版十三期；詩作入選《感月吟風多少事——百家詩選》（張默編）、詩作入選《葡萄園二十年詩選》（文曉村編）。
・一九八三年詩作入選爾雅版《七十一年詩選》（張默編）；七月應邀擔任中部五縣市文藝營指導老師。
・一九八四年詩作入選爾雅版《創世紀詩選》（瘂弦等編）。
・一九八五年詩作入選爾雅版《七十三年詩選》（向明編）。
・一九八六年詩作入選爾雅版《七十四年詩選》（李瑞騰編）及文史哲版《中華新詩選》（新詩學會編）。

- 一九八七年三月應《台灣日報》邀請撰寫青少年專欄「讀星樓談詩」，時間一年，每週一文。五月詩作入選張默編著《小詩選讀》（爾雅出版社）。
- 一九八八年詩作入選文史哲版《中華新詩選粹》（新詩學會編）。
- 一九九二年詩作入選《葡萄園三十年詩選》（文曉村編）。
- 一九九四年六月出版詩集《春之彌陀寺》（雲林縣文化中心）。
- 二〇〇〇年二月自北港高中退休。六月獲「詩運獎」；六月起在《國語日報》撰寫「新詩賞析」專欄。
- 二〇〇一年三月起在《台灣時報》副刊撰寫「讀星樓談詩」專欄，四月應邀擔任新詩學會優秀青年詩人獎評委；十二月出版評論集《兩棵詩樹——詩神的花園》（與吳當合著，爾雅出版社）。
- 二〇〇二年六月出版《落蒂短詩選》（列入中外現代詩名家集萃台灣詩叢系列二九中英對照版），六月獲中華民國新詩學會頒贈「詩教獎」，八月詩作入選葡萄園四十周年詩選《不惑之歌》（台客編），十一月詩作入選文史哲版《中國詩歌選》（潘皓編）。
- 二〇〇三年二月出版評論集《詩的播種者》（爾雅出版社）；五月獲中國

文藝協會「文學評論獎章」；五月詩作入選爾雅版《九十一年詩選》（白靈編）；九月應泰國《世界日報》主編林煥彰之邀在《湄南河副刊》撰寫「小詩賞析」專欄；九月赴珠海參加「第八屆世界華文詩人會議」；十一月加入「創世紀詩社」。

・二〇〇四年四月應國語日報邀請為「古今文選」賞析名詩人名詩。六月詩作入選《二〇〇三台灣詩選》（向陽編）；十一月應邀赴泰國曼谷為泰華詩人專題演講。十二月應邀評審台北市「高中職詩歌朗誦比賽」決賽。十二月詩作入選「水都意象——高雄」（高雄廣播電台主編）。

・二〇〇五年七月出版《追火車的甘蔗囝仔》（生智文化出版）；四月應邀擔任文藝協會文藝獎章評審；五月擔任雲縣私立正心中學新詩大獎評審。

・二〇〇六年六月應邀擔任新詩學會《詩報》編輯，七月應邀至廣州參加「第十一屆世界華文詩人會議」。八月應邀擔任文協「青年文學獎」評審。十二月應邀評審台北市「高中職詩歌朗誦比賽」決賽。

・二〇〇七年一月應邀撰寫《創世紀詩雜誌》詩評專欄「詩與詩人二重奏」，五月應邀擔任台北縣林家花園詩獎評審，六月詩作入選《二〇〇六年台灣詩選》（焦桐編），六月應邀撰寫中華副刊〈讀星樓小品〉專欄。十月應邀參加華山詩人節朗誦詩作。十二月應邀評審台北市「高中職詩歌朗誦比賽」決賽。

・二〇〇八年四月出版《山澗的水聲》散文集。

・二〇〇九年二月應中國文藝協會之邀擔任《文學人》主編。六月詩作入選《二〇〇八年台灣詩選》（向陽編），十月參加在明道大學舉辦的「現代詩壇的孫行者—管管詩作學術研討會」，發表論文〈飽受離亂折磨的詩人〉。十一月應中華民國新詩學會之邀，擔任「優秀青年詩人獎」評審。十二月應邀參加在安徽黃山市歸園舉行的「兩岸主題詩會」。

・二〇一〇年三月詩作入選《二〇〇九年台灣詩選》（陳義芝編）。六月出版詩集《一朵潔白的山茶花》。

國家圖書館出版品預行編目

一朵潔白的山茶花 / 落蒂著. -- 一版. -- 臺北市：
秀威資訊科技, 2010. 06
面； 公分. --（語言文學類；PG0346）
BOD版
ISBN 978-986-221-452-7（平裝）

851.486 99006304

語言文學類 PG0346

一朵潔白的山茶花

作　　者 / 落　蒂
發 行 人 / 宋政坤
執行編輯 / 林泰宏
圖文排版 / 郭雅雯
封面設計 / 陳佩蓉
數位轉譯 / 徐真玉　沈裕閔
圖書銷售 / 林怡君
法律顧問 / 毛國樑　律師
出版印製 / 秀威資訊科技股份有限公司
台北市內湖區瑞光路583巷25號1樓
電話：02-2657-9211　傳真：02-2657-9106
E-mail：service@showwe.com.tw
經 銷 商 / 紅螞蟻圖書有限公司
台北市內湖區舊宗路二段121巷28、32號4樓
電話：02-2795-3656　傳真：02-2795-4100
http://www.e-redant.com

2010 年 6 月　BOD 一版
定價：280 元

讀　者　回　函　卡

感謝您購買本書，為提升服務品質，煩請填寫以下問卷，收到您的寶貴意見後，我們會仔細收藏記錄並回贈紀念品，謝謝！

1.您購買的書名：______________________________

2.您從何得知本書的消息？

☐網路書店　☐部落格　☐資料庫搜尋　☐書訊　☐電子報　☐書店

☐平面媒體　☐ 朋友推薦　☐網站推薦　☐其他__________

3.您對本書的評價：(請填代號　1.非常滿意 2.滿意 3.尚可 4.再改進)

封面設計____　版面編排____　內容____　文/譯筆____　價格____

4.讀完書後您覺得：

☐很有收獲　☐有收獲　☐收獲不多　☐沒收獲

5.您會推薦本書給朋友嗎？

☐會　☐不會，為什麼？______________________________

6.其他寶貴的意見：______________________________

____

____

____

讀者基本資料

姓名：____________________　年齡：______　性別：☐女　☐男

聯絡電話：________________　E-mail：____________________

地址：______________________________

學歷：☐高中(含)以下　☐高中　☐專科學校　☐大學

☐研究所(含)以上　☐其他________________

職業：☐製造業　☐金融業　☐資訊業　☐軍警　☐傳播業　☐自由業

☐服務業　☐公務員　☐教職　☐學生　☐其他__________

請貼
郵票

To：114

台北市內湖區瑞光路 583 巷 25 號 1 樓

秀威資訊科技股份有限公司　　收

寄件人姓名：

寄件人地址：□□□

(請沿線對摺寄回,謝謝!)

秀威與 BOD

BOD（Books On Demand）是數位出版的大趨勢，秀威資訊率先運用 POD 數位印刷設備來生產書籍，並提供作者全程數位出版服務，致使書籍產銷零庫存，知識傳承不絕版，目前已開闢以下書系：

一、BOD 學術著作—專業論述的閱讀延伸
二、BOD 個人著作—分享生命的心路歷程
三、BOD 旅遊著作—個人深度旅遊文學創作
四、BOD 大陸學者—大陸專業學者學術出版
五、POD 獨家經銷—數位產製的代發行書籍

BOD 秀威網路書店：www.showwe.com.tw
政府出版品網路書店：www.*gov*books.com.tw

永不絕版的故事・自己寫・永不休止的音符・自己唱